LES
CAMPAGNES
DU ROY,

EPITRE

Par M. BAZIN, Ingénieur.

A PARIS,

De l'Imprimerie de Ch. J. B. Delespine, Imprimeur-Libraire
ordinaire du Roy, rue S. Jacques, au Palmier.

M. DCC. XLVII.

AU ROY.

**MBRASE'** de ce feu qui brille en Theſſalie,
GRAND **ROY**, daigne ſouffrir qu'aujour-
d'hui je publie
De Ton Bras glorieux les Exploits éclatans,
Que j'oſe te louer par de nouveaux accens.

A

Je connois le danger qu'offre cette carrière

Mais Phœbus a fur moi répandu fa lumière :

C'eſt de lui que j'emprunte & la Lyre & la Voix

Pour dépeindre en Toi feul le modéle des Rois

Campagne de 1744. Quand, monté fur ce Char conduit par la Victoire,

Tu cherchas les combats, Tu courus à la gloire ;

Que d'Ypres, de Menin Tu brifas les remparts ;

Que Furnes fe rangea fous Tes fiers Etendarts,

Le Rhin, encore ému de ce fameux paſſage,

Où l'on vit Ton Ayeul affronter fon rivage,

Remonta vers fa fource, & dans un cours plus doux

Près des bords d'Argentine éveilla fon courroux.

Là, fes terribles cris frappant la Panonie,

Furent fe répéter jufques en Livonie.

Venez, s'écria t'il, Autrichiens, Hongrois :

Venez venger mon Nom, & rétablir mes droits.

C'eſt pour vous que jadis de leurs grottes profondes

Je tirai ces ruiſſeaux qui groſſiſſent mes ondes ;

C'eſt pour vous que, fouvent affrontant les hazards,

J'ai foulevé mes flots, j'ai domté des Céfars.

Il en fut Un pourtant dont la haute vaillance

Trompa de mes efforts toute la vigilance ;

De mon fameux Palais il fit trembler le fond.

Je me fouviens toujours de ce cruel affront :

Mes Nayades fans cesse à Thetis vont s'en plaindre.

Mais fon Fils eft encor plus grand & plus à craindre ;

Et tandis qu'il s'apprête à ravager l'Efcaut :

Qu'il force des remparts, livre affaut fur affaut,

Accourez fur mes bords, armez pour ma vengeance

Vous ferez foutenus de toute ma puiffance.

Enfin, pour que je rentre, & coule fous vos Loix,

Mes flots obéiront à la premiere voix.

Il dit, & dans l'inftant la plaine fut couverte

De Guerriers animés à réparer fa perte,

De fon onde tranquille ils fendent les Sillons,

Et l'humide Héros porte leurs bataillons.

Cette troupe s'avance, & d'une ardeur fougueufe

Entreprend de tes Forts l'attaque périlleufe.

Mille foldats épars égorgent les troupeaux ;

D'autres vont dans le feu confumer les hameaux :

Et tels que des lions enhardis au carnage,

Dans le fang innocent affouviffent leur rage.

A ij

Le Rhin s'en applaudit, & preffe leur fureur ;

Mais, dès que ton approche annonce la terreur,

Ce Fleuve, qui prévoit toute fon infortune,

Se plonge fous fes eaux, court implorer Neptune.

Secoure-moi, dit-il, en cet affreux danger,

De l'Ayeul fur le Fils foit prompt à me vanger.

D'Amphitrite auffi-tôt Neptune agite l'Ebe,

Et la bouche écumante aux filles de l'Erebe,

Il adreffe ces mots. Vous qu'enfanta la Nuit,

Prenez vos faux, fortez de cet affreux réduit,

Allez, contre LOUIS exercez votre adreffe,

Et, pour tromper les coups de fa Main vengereffe,

De vos bras, s'il le faut, employez tout l'effort ;

Nous verrons s'Il pourra triompher de la Mort.

Soudain TON CORPS reffent des atteintes mortelles,

Et prêt de fuccomber à ces douleurs cruelles,

La SEINE toute en pleurs s'élevant fur fes flots,

Fait tomber par fes cris le cifeau d'Atropos.

Le Rhin incontinent par une fuite prompte

Dans le fond de fes eaux précipite fa honte.

Ses guerriers éperdus méconnoiffent leur Chef,

En défordre, en tumulte ils regagnent leur nef,
Et, rappellant envain leur farouche courage,
Le trouble les emporte au-delà du rivage.
Tu les fuis. La Victoire au-devant de tes pas
S'élance, & dans les champs fait voler le Trépas.
Fribourg, dont les Châteaux fe perdent dans la nuë,
Pour braver Ton couroux fe préfente à Ta vuë;
Mais fous l'énorme poids de Tes coups redoublés
Ses fuperbes remparts font bien-tôt ébranlés :
Et, pendant que Clermont va foumettre Conftance,
Elle fubit la loi qu'impofe Ta Puiffance.

A peine as-Tu du Rhin vaincu les Combattans
Que je vois à Tournai Tes glaives menaçans;
Et Ta foudre en éclat écartant fes murailles
Tomber, frapper la terre, entr'ouvrir fes entrailles.
Cependant le Hongrois, le Belge & le Germain
Pour détourner Ton bras viennent la flâme en main.
L'Anglois, qui leur imprime une fierté hautaine,
Précéde leur fureur, fes yeux lancent la haine.
Déja leurs cris perçans s'élévent dans les airs,
Et leur maintien féroce étonne l'Univers.

Campagne
de 1745.

Tu pars. Tous Tes Guerriers d'une courſe rapide
Portent de là l'Eſcaut leur valeur intrépide. ,
L'Hémiſphere frémit ſous ces chars fulminans
Que traînent à grands pas Tes chevaux écumans.
Et le vaillant SAXON que guide la Prudence,
Prépare le combat , fait régner le Silence.

Bataille de
Fontenoi.

La triſte Nuit s'envole , & l'on voit le Soleil
N'éclairer qu'à regret ce terrible appareil.
Le ſon de Tes clairons , Ta foudre étincelante
Annoncent à la fois la mort & l'épouvante.
Et de Tes Ennemis le bras audacieux
Menace en même tems & la Terre & les Cieux.
Du ſalpètre effrayant ſoudain les deux armées
Percent pour s'approcher les épaiſſes fumées ;
Le fer de toutes parts porte des coups cruels.
La Fureur voit le ſang couler ſur ſes Autels.
Et la Mort d'une main décharnée & livide ,
S'empreſſe à moiſſonner le Guerrier intrépide.

Les Anglois ſoutenus de lances & de dards
Juſque ſur ton terrain plantent leurs étendards.
Mais bien-tôt ces Héros qu'excitent Ta vaillance ,

De ces fiers ennemis rompent la pétulance.

Ta formidable voix anime tes Soldats ;

On les voit fur le champ affronter le Trépas ;

Forcer les Bataillons d'une colonne altiére,

Et répandre à grands flots le fang dans la carriére.

Ces rangs audacieux font déja renverfés ;

Les Germains, les Hongrois au loin font difperfés.

L'Anglois à fon fecours appelle en vain Bellonne,

La honte s'en faifit quand l'orgueil l'abandonne;

Et, fuyant à travers les fertiles guerrets,

Va chercher fon falut dans le fond des forêts.

Alors, GRAND ROI, ton front environné de Gloire

Dans le vafte Univers fait briller Ta Victoire :

Et, levant le bandeau qui lui voiloit les yeux,

Tournai révère en TOI le fang de tes Ayeux.

De fon bras tout-puiffant Jupiter Te feconde ;

Bruges, Gand, Oudenarde, Oftende & Dendermonde,

S'empreffant à l'envi d'obéir à Ta Voix,

Viennent fous Tes drapeaux fe foumettre à la fois.

Avant que du Printems la main ait fait éclore

Les précieux tréfors de Cérès & de Flore ;

Campagne de 1746.

Et pendant que l'Hyver d'un souffle nébuleux
Glace l'Onde, la Terre & les Monts sourcilleux,
De Saxe vers Bruxelle, armé de Ton Tonnerre,
Va faire étinceller le flambeau de la Guerre.
Contre ses doubles murs mille volcans d'airain
Du fer impétueux lancent le coup certain.
Le Trépas suit de près la flâme petillante,
Et ne laisse après lui qu'une trace sanglante.
La Cohorte ennemie erre de toutes parts.
La Discorde en pâlit. En vain de ses regards
Elle veut rallier cette troupe nombreuse,
La Victoire l'arrête, & sa main généreuse
Livre au vaillant Saxon ces orgueilleux Guerriers,
Et pour le couronner apporte les Lauriers.

De l'Escaut, de la Dyle aussi-tôt Tes Armées,
Traversant à grands pas les ondes allarmées,
De Malines, d'Anvers chassent les ennemis ;
En même tems Louvain en Tes mains est remis.
Et, pendant que Pallas au loin dans la campagne
Fait fuir les Léopards de la Grande-Bretagne,
Sur Mons, sur Saint-Guillain & contre Charleroy

De

De Ta foudre CONTY va répandre l'effroy.

Leurs habitans soumis viennent sous ton Empire

Partager les douceurs que sans cesse on respire.

Namur, pour échapper à l'ardeur de Ton Bras,

En vain est entouré d'un nombre de soldats ;

CLERMONT de mille feux fait voler la tempête,

Et de la Flandre entiere acheve la conquête.

 Les Alliés alors, dans les plaines épars

Se mettent à l'abri d'invincibles remparts.

L'Envie & le Courroux, enfans de l'infortune,

Tachent d'y réparer leur disgrace commune.

Par cent tubes d'airain cet azyle est gardé,

De piques & de dards son contour est bordé ;

Mais de Tes fiers soldats l'ardeur impétueuse

Affronte de ce camp l'approche dangereuse.

MAURICE imprime en eux cette noble chaleur

Qui porte aux champs de MARS l'adresse & la vigueur.

Il donne le signal, & Sa troupe s'avance ;

D'un vol précipité la Terreur la devance.

Déja l'horrible bruit du souffre pétulant

Précede avec éclat le coutelas sanglant.

Bataille de Rocoux.

B

CLERMONT court au péril , & sa main intrépide

Repousse loin de lui l'instrument homicide.

Suivi de ces Guerriers qui lancent dans les airs

Ces globes périlleux qui peuplent les Enfers,

Il accable ce camp d'un effroyable orage ,

Et tel qui lui résiste éprouve son courage.

De tous côtés DE SAXE , animant tes soldats ,

Leur apprend comme il faut décider les combats.

L'acier des deux partis se touche , & s'entremêle ,

Dans les yeux des François la Valeur étincéle ;

Leurs invincibles traits sont suivis de la Mort ,

Et l'Ennemi succombe à leur puissant effort.

Campagne de 1747. Aussi-tôt du Germain les forces redoublées

Sous l'étendard Anglois se trouvent rassemblées.

La vengeance les guide , & leurs cris menaçans

Rappellent au combat Tes guerriers triomphans.

Bataille de Lawsels. De son aîle azurée à l'instant la Victoire

Te trace le chemin du faîte de la Gloire.

Tes Héros à Ta Voix hâtent de se ranger,

Et marchant d'un cours ferme avancent au danger.

A leur abord l'Anglois réveillant son audace

Entreprend de braver le coup qui le menace.
De javelots fanglants Tes foldats opprimés,
Trois fois forment l'attaque , & trois fois ranimés
Contre ces feux mortels qu'exhale cette foudre
Qui confume & réduit les montagnes en poudre ;
On les voit , foutenus du Maître des combats ,
Dans ce camp redouté précipiter leurs pas.
DE SAXE les conduit. Ce grand foudre de guerre
De la Voix , de la Main feconde Ton Tonnerre.
Le Fer à fon afpect , la Flâme en même tems
Font de nouveaux efforts contre Tes combattans ;
Mais comme un autre Hercule à grands coups de maffuë
De ces retranchemens il force l'avenuë :
Son Bras porte en tous lieux la Mort & la Terreur.
Dans des ruiffeaux de fang on voit nager l'Horreur.
Il abat , il repouffe , & fe fait une place
Au centre des Anglois qu'abandonne l'Audace.
Mais , loin de s'allarmer en ce tumulte affreux ,
La Difcorde enhardit leurs efcadrons poudreux ;
Sur fon char , qui dégoute une rage infernale ,
Elle va des Hongrois raffermir la cabale.

B ij

Ciel ! que vois je ! CLERMONT fur un courſier nerveux
Le glaive en main s'élance & ſe jette ſur eux ;
Il enfonce leurs rangs, bien-tôt il les traverſe ;
Autant de coups qu'il frappe, autant il en renverſe.
Tels ſous les vents bruyans tombe le chêne altier,
Tel tombe l'Ennemi ſous ce vaillant Guerrier.
La flâme étend par-tout le trouble & les allarmes,
Et le cri des mourans ſe mêle au bruit des armes.
Tu redoubles l'attaque. Et tu vois ſans effroi
La Mort à chaque inſtant voler au-tour de TOI.
Tes Héros ſur Tes pas franchiſſent la barriere,
Et chaſſent l'Allié par-delà la carriere.
Dans Tes fers les ſoldats à Ta foudre échappés
Par les mains de Pallas reſtent enveloppés.
Enfin les cris vainqueurs percent la voute immenſe
Où les Dieux aſſemblés couronnent Ta Vaillance.

Pendant que vers la Meuſe accourrent les Hongrois,
Que Tu fuis à Maſtrick le Batave & l'Anglois,
Le fameux LOWENDAL & ſa troupe guerriere
Marchent à Berg-op-zom. Ville encore auſſi fiere
Que Rhodes qui jadis domta plus d'un Sultan.

Ville, dont les remparts que baigne l'Occéan
Des affauts furieux repouffant la tempête,
Ne fut d'aucun Héros le Prix, ni la Conquête.

C'eft-là que LOWENDAL va porter fa valeur,
Et de Ton Nom Augufte imprimer la terreur.
D'inftrumens foudroyans la Campagne eft couverte,
Et par plus de cent bras la Terre eft entr'ouverte.
La Difcorde, que fuit le finiftre Corbeau,
Au plus profond du Stix replonge fon Flambeau ;
Et, revenant foudain au féjour des Bataves,
Vole, & va raffembler les Guerriers les plus braves.
Neptune en leur faveur tranquilife fes eaux,
Et porte fur fes flancs leurs fomptueux vaiffeaux.

Tels que du mont Gibel le fouffre & le bitume
Font rouler les torrens de leur brulante écume ;
Tels on voit le falpêtre & le fer en fureur
S'enflâmer & répandre une nouvelle horreur.
Déjà de tous fes Forts les indomtables cîmes
Se fendent en éclat, s'enfoncent aux abîmes.
Le Peuple à cet orage interdit & confus
Abandonne fes tours qu'il ne reconnoît plus.

Mais tous ſes défenſeurs, animés par la rage,
Montrent ſur les remparts un féroce courage :
Et, bien loin de céder au coup qui les abbat,
Ils reſpirent le ſang, le meutre & le combat.
Le Brave LOWENDAL attaque leur enceinte,
Embraſe leurs Palais, & les frappe de crainte.
Juſques ſur les glacis poſte ſes légions,
Et va porter ſes coups contre leurs baſtions.
Au fond d'un ſouterrain la foudre renfermée
Par une main adroite eſt bien-tôt allumée.
Son bruit affreux remplit le vaſte champ des airs
Il étonne *les* Dieux, fait trembler l'Univers.
Ainſi que l'Aquillon franchit la plaine aride ;
Ainſi de Ton Tonnerre on voit l'effet rapide.
Cependant le Batave au milieu de ces feux
S'apprête à s'oppoſer aux aſſauts périlleux.
Quand, ſous ſes yeux d'abord, mille globes funeſtes
Brûlent de ſes remparts les redoutables reſtes.
Sur leurs débris fumans s'élancent Tes Soldats ;
La Frayeur & la Mort qui partent de leurs bras
Du ſuperbe Aſſiegé forcent la réſiſtance ;

Et le Grand LOWENDAL ſignale Ta Puiſſance.

Tiges de tant de ROIS , Vous , Illuſtres Héros
Alexandres, Céſars, ſortez de vos tombeaux ,
Accourez , de LOUIS admirez la Conquête ,
Révérez les Lauriers qui brillent ſur ſa Tête.
Quand preſque tout le Monde à vos loix fut ſoumis ,
Vous n'aviez pas vaincu de ſi fiers Ennemis.
En effet parcourons & la Gréce & l'Epire ,
Et des fameux Romains le floriſſant Empire ;
Y rencontrerons-nous d'auſſi ſanglans combats
Qu'en viennent d'affronter ſes belliqueux Soldats ?
Et de tous ces Châteaux défendus par Neptune
Verrons-nous des Guerriers décider la fortune ?
Non , ce célébre honneur , ſi long-tems conſervé
Par Mars à Ton Bras ſeul , GRAND ROY , fut réſervé.
Et dans le haut du Temple où la chaſte Mémoire
Grave de tes Exploits l'incomparable Hiſtoire ,
Je vois tous ces Héros , de parfums immortels ,
Par l'ordre de Minerve encenſer tes Autels.

Enfin , les Dieux toujours protégeant tes Armées ,

Je verrai la Fureur , la Difcorde allarmées

A l'afpect de la Paix s'élever dans les airs ,

Et fe précipiter pour jamais aux Enfers.

Lû & approuvé ce 22. *Septembre* 1747. CREBILLON.

Vu l'Approbation du Sieur CREBILLON. Permis d'imprimer & afficher ,
à la charge d'enregiftrement à la Chambre Syndicale , ce 23. Septembre 1747.
BERRYER.